마음이
시들지 않도록.

2023. 11.
이민지

무칭

무칭

이민진

위즈덤하우스

선생님, 늦게나마 네 번째 시집을 출간하신 걸 축하드립니다. 책을 구입하면서 인터넷 서점 홈페이지에 올라온 인터뷰도 읽었습니다. 꾸준히 강의와 마감을 하며 바쁘게 지내시는 것 같더군요. 출강하시는 학교는 바뀌었지만요.

《무칭》.

제목이 좋네요. 사전에 있는 단어인 줄 알았는데 막상 찾아보니 사전에 없는 게 왠지 선생님과 어울린다고 생각했습니다.

3년 전 연말에 서촌에서 열렸던 낭독회에서 뵌 게 마지막이었죠. 서점에 들어갈 즈음 내리기 시작한 눈이 낭독회를 마치고 나오니 두껍게 쌓여 있었습니다. 너도 갈래? 작가들이 모여 있는 자리였죠. 제가 불편해할 걸 아셨기에 선생님은 재차 권하지 않으셨고요. 편집자와 함께 인근에 위치한 카페로 이동하시던 뒷모습을 떠올리니 모든 게 마지막에 적합했다는 생각이 듭니다. 이후 저에게는 여러 일들이 있었고, 지금은 지방의 소도시에서 지내고 있습니다. 선생님도 어느 정도 예상하셨을 거라고 생각합니다. 흔한 일이죠. 선생님 주변에는 항상 선생님을 따르는 제자들이 있고, 이들의 열의가 꺼지면 새로운 사람들이 그 자리를 채웁니다. 그러한 교체 현상을 자연의 순환과정처럼 바라보게 되면서 저는 은몰한 사람들을 안타깝게 여기지 않게 됐습니다. 제 포기에 대해서도요. 밀물과 썰물, 나아감과 물러섬, 쓰는 사람에서 읽는 사람으로, 정체성만 바뀔 뿐, 여전히 문학이라는 공동체에 남을 거라고 생각했습니다. 문학은 제가 아는 가장 진실한 공동체였으니까요.

이곳에 내려온 지도 2년이 조금 지났습니다. 연고가 없는 도시에 정착하는 게 쉽지 않았죠. 선생님이 해주셨던 글쓰기 조언들이 이곳에서의 삶을 일구는 데 도움이 됐습니다. 특히, 당장 어떻게 하루를 채워야 할지 막막했던 초창기에요.

상상력은 무에서 유를 창조해내는 게 아니라 가능성을 구체화하는 능력이다.

제가 할 수 있는 일들을 목록으로 만들고 하나씩 실행해나갔죠. 매일 산책을 하고, 산책 중 장 본 식재료로 반찬을 만들고, 거실

전등을 교체했습니다. 제 일상에 상상력을 발휘하다 보니 앙상했던 삶에 조금씩 살이 차오르더군요. 동네 지리를 익히며 산책 범위를 넓혀나가다가 마음에 드는 카페를 발견했는데 어쩌다 보니 그곳이 지금의 직장이 됐네요.

서울을 떠날 무렵에는 글을 쓰는 건 물론 읽기도 힘든 상태였습니다. 메일과 문자를 주고받는 것도 여의치 않아서 친구들의 연락도 전부 부채로 남았죠. 기표와 기의의 끈이 떨어진 것처럼 문장을 읽어도 무슨 의미인지 파악할 수 없었습니다. 자기보다 큰 과자 부스러기를 부단히 지고 나르는 개미의 행렬을 보는 것 같았죠.

솔직히 말씀드리면 선생님의 신간을 읽지 못했습니다. 이곳에 내려와 괜찮아진 줄 알았는데 선생님의 책을 펼치자 증상이

재발하더군요. 덕분에 다시 생각하게
됐습니다. 제가 서울을 떠난 이유요.
지금까지는 제 자격지심이 문학에 대한
환멸과 적의를 낳았다고 생각했습니다.
모든 걸 제 문제로 여겼죠. 하지만 선생님의
목소리가 희미해진 지금은 말할 수 있습니다.
적어도 그게 전부는 아니라고. 언어에 대한
불신은 혼자서 키워낼 수 없는 거라고요.

선생님은,

……압흔, 곰팡이, 말라붙은 피, 짓눌린
모기 사체, 정체 모를 얼룩, 궁금하지 않은
사족, 종이를 우그러트린 빗물입니다.
도서관에서 대여한 책에 남은 삶의 흔적처럼
선생님에 관한 기억이 선생님의 시를 읽지
못하게 만듭니다. 진심, 사랑, 정의, 윤리,
소통, 연대, 추천사 속 단어들이 대체 무슨
의미인지 사전을 찾아도 알 수 없습니다.

선생님, 왜 자꾸 문자를 흩트리시는 건가요.
저는 선생님의 시를 좋아했습니다. 선생님의
작품을 계속 읽고 싶습니다. 하지만 선생님이
살아 계시는 한, 선생님의 글을 읽을 수 없을
것 같습니다.

❖

돌아보면 지는 게임이었다.

알 수 없는 곳에서 누군가 그녀를 불렀고,
세언은 그 목소리를 무시하며 빠르게 걸었다.

위선자.

그 단어가 뒤통수처럼 그녀가 볼 수 없는
곳을 가리키는 듯했다.

한 달 전, 수업 자료를 찾기 위해
로그인한 계정에서 익명으로 온 메일을
발견했다. 메일을 읽고 불쾌감보다 의문이

앞섰다. 메일 주소는 어떻게 알았을까. 이 계정으로 연락하는 사람은 대부분 오래된 지인들이었다. 수강 신청도 매크로를 돌리는 시대에 메일 주소를 알아내는 것쯤이야. 세언은 이내 의문을 접고 메일을 삭제했다.

아이러니하게도 글을 쓰는 업계에 들어와 배운 건 읽지 않는 법이었다. 인터넷에 올라온 혹평들은 개인의 감상일 뿐이고, 찾아보지 않으면 그만이었다. 그러나 이런 식으로 삶의 경계를 침범하는 건 명백한 악의였다. 세언은 보낸 이의 정체는 몰라도 목적은 알았다. 상대가 원하는 게 그녀가 당황하고 두려워하는 거란 걸. 위협적인 말로 자신의 힘을 과시하는 사람들은 도처에 있었고, 지나가는 여자를 빤히 쳐다보며 길바닥에 침을 뱉는 남자들처럼 그녀가 아무런 반응을 보이지 않으면 다른 사냥감을 찾아 떠났다.

그들이 원하는 건 산 제물이니까.

얼마 안 가 다시 같은 메일이 왔고, 세언은 스팸 신고를 했다. 그러자 다른 계정으로 메일이 왔다. 그런 실랑이가 몇 차례 반복되자 슬슬 의심이 들었다. 아는 사람이 아닐까. 개인적인 원한이 있지 않고서야 이토록 정성을 들여 괴롭히기도 힘들었다. 잠들기 전, 무심결에 지난 삶을 돌아보았지만 이런 일을 당할 만한 일은 없었다.

상대도 약이 올랐는지 메일의 내용이 바뀌어 있었다. 세언은 바뀐 내용을 보고 마음을 놓았다. 학생이구나. 당장 이런 짓을 벌일 법한 학생도, 사건도 떠오르지 않았지만, 학생들은 원래 그랬다. 나이키 덩크 로우, 눈썹 피어싱, 바짝 올려 그린 아이라인, 유니콘 그립톡, 손가락 타투, 민트색 머리카락, 뜬금없이 내는 동물 소리. 이해할 수 없는 의성어처럼 알 수 없는 일로 혼자 상처받고, 불만을 품고, 별것 아닌 일에 공격적으로 반응했다. 세언은 이 학생이 화가 난 이유도 그런 것이리라 여겼다. 들어도 그녀가 이해할 수 없는 종류의 일일 거라고.

선생님이 일부러 그랬다고 생각하지 않아요.

그러나 저녁을 먹고, 설거지를 하고, 넷플릭스를 보는 와중에 그 말이 맴돌았다. 언젠가 본 드라마나 영화 속 대사 같았다. 무의식중 출처를 찾던 세언의 머릿속에 잊고 있던 얼굴이 떠오른 건 자정이 지나 학생들이 제출한 과제를 읽을 때였다. 성실하고, 글도 무난한 학생이었다. 그 이상의 무엇이 없어서 아쉬워하던 가운데 오래전에 가르친 학생 한 명이 겹쳤다.

송하. 최송하.

2014년 봄, 세언은 문화원에서 소설 창작 강좌를 개설했다. 기존에 담당하던 소설가가 갑자기 사고를 당하는 바람에 찾아온 기회였다. 급히 강의 계획서를 작성하고, 매주 벼락치기를 하듯 준비해서 수업에 들어갔다. 그 와중에 마감과 행사까지 하느라 강좌가 끝날 무렵에는 어떻게 세 달이 지났는지 기억이 흐릿했다. 이곳저곳에 자신을 흘리고 다닌 기분이었다.

본격적인 여름에 진입하고 나서야 세언은 종강날 한 학생에게 차를 마시자고 한 걸 떠올렸고, 7월 말에 그 학생과 만났다.

약속 장소인 서촌 골목 끝자락 카페에 처음 세언을 데려간 사람은 어느 평론가였다. 그 선생님은 1년 넘게 학교 밖에서 밥과 차를 사주며 그녀의 글을 봐줬는데 왜 사비를 써가면서까지 이렇게 잘해주는지 궁금했으나 명확한 답을 듣지는 못했다.

약속 장소로 가기 전, 세언은 서점에 들러 최송하에게 선물할 작법서를 샀다. 수업 자료 복사, 와이파이 연결, 술자리 회비 걷기 등 송하에게 소소한 도움을 많이 받았다. 세언의 말을 이해하지 못한 수강생이 같은 질문을 되풀이하며 수업 시간을 잡아먹던 날에도. "제가 보기엔 선생님 말씀을 이해 못 하시는 거 같은데요. 수업 마치고 얘기하세요." 첫 강의라 매주 잠을 설치고 예민한 상태로 수업에 들어가던 세언은 한결 편안한 마음으로 수요일을 맞았다. 강의실에 아군이 있는 듯했다.

종강까지 내색할 수 없었던 고마움을 전하기 위한 자리였으나 송하와의 대화는 예상외로 재미있었다. 별다른 고생을 하지 않고 자랐을 것 같은 외모와 달리 송하는 안 해본 아르바이트가 없었다. 외삼촌이 운영하는 삼겹살집부터 호프집, 편집숍, 통신사 지역 사무소, 전화 상담, 사진관. 세언을 감탄하게 만든 눈치와 센스도 그 과정에서 생긴 듯했다. 시간 가는 줄 모르고 아르바이트 일화를 듣던 중 세언은 수업에서 읽은 송하의 소설을 떠올렸다. 업종별 진상 손님을 말할 때의 생생함과 통찰력이 소설에서는 보이지 않아 아쉬웠다.

"전 여기가 좋아요. 제가 아는 제일 사려 깊은 곳이거든요."

그게 최송하의 결론이었다. 긍정도 부정도 하기 애매해서 세언은 앞에 있던 홍차를 마셨다. 케이크 속 복숭아 조각이 목에 걸린 것 같았던 그 순간을 제외하고는 유쾌한 시간이었다. 당장 급한 마감과 강의도 없었고, 지난 수강생에게서 수업을 또 듣고 싶다는 말까지 들으니 종강 후 찜찜했던 기분도 사라졌다. 다음 강의는 아직 정해지지 않았다는 말에 송하가 너무 아쉬워해서 가르치는 일이 적성에 맞는 것 같다는 생각까지 들었다.

두 사람이 카페에서 나온 건 저녁 6시 무렵이었다. 거리는 아직 환하고 무더웠다. 택시를 잡기 위해 큰길로 걸어가다가 세언은 카페에 들어설 때부터 따라다니던 묘한 기분의 정체를 마주했다. 과거에 선생님과 걸었던 길을, 선생님이 되어 걷고 있었다. 돌연 다른 길로 가고 싶어진 그녀는 방향을 틀었고, 두 사람은 개업한 지 얼마 안 된 동남아 음식점에서 저녁을 먹고 헤어졌다.

"전 어디든 상관없어요."

2주 후, 두 사람은 회현역에서 다시 만났다. 세언은 송하의 소설에 관해 얘기하고 도움이 될 만한 책들을 추천했다. 다음을 기약하지 않았으나 송하가 소설을 보내면 세언의 스케줄에 맞춰 약속을 잡았고, 세언이 보고 싶은 전시와 영화를 같이 보러 가기도 했다. 학생은 원래 얻어먹는 거라고 말해도 송하는 기어코 한 번씩 계산을 했다. 환산할 수 없는 것들은 나름의 기준으로 셈하는 듯했다. 어느 정도 소설 얘기를 하고 나면 꼭 세언의 근황을 물어왔는데 세언이 쓰고 있는 글과 고양이 털 알레르기, 집에서 키우는 식물들, 아파서 급하게 휴강했던 일, 세언이 지나치듯 한 얘기를 전부 기억하고, 다음번에 만나서는 세언도 잊고 있던 검진 결과를 물었다.

“저도 송하 씨에게 많이 얻어 가요.”

송하는 그 말을 좀처럼 믿지 않았다.

세언은 그런 송하를 보면서 과거에 선생님이

그녀의 소설을 봐주는 이유를 수차례 밝혔다는 걸 깨달았다. 선생님에게도 도움이 된다고. 그녀가 송하에게 영향을 주는 것처럼 그녀도 송하에게 영향을 받았다. 몇 시간 동안 얘기를 나누면 조금 피곤하긴 해도 적당한 긴장감과 의욕이 생겼다. 송하와의 대화는 이런저런 생각과 감정, 인상을 촉발시켰고, 집으로 돌아가는 택시 안에서 그녀는 대화 중간에 떠오른 것들을 메모했다. 그즈음 세언이 쓴 소설에는 핸드폰에 저장된 문장들이 들어갔으나 표절도, 송하에 대해 쓴 것도 아닌데 굳이 말해서 괜한 오해를 불러일으킬 필요는 없다고 생각했다.

선생님,

…….

(AM 03:45) 제출이 늦었습니다. ㅠㅠ

저희 저녁 사주세요!

입원을 하게 되어 당분간 출석이 어려울 것 같습니다.

혜화동에서 공연하는데 토요일에 시간 되시면 와주세요.

이 목걸이 예쁘죠?

선생님도 여기에 서명해주세요.

선생님이잖아요.

…….

그 애는 강의실 한가운데 자리 잡는다. 수업을 시작하기 전부터 뚱한 표정이더니 수업 중에는 초콜릿 포장지를 부스럭거리며 뜯고, 손가락 사이로 볼펜을 돌린다. 바닥에 떨어뜨린 볼펜을 주운 그 애가 핸드폰을 확인한 뒤 피식 웃으며 옆에 앉은 동기에게 보여준다.

"뭔데? 같이 좀 웃자."

세언의 말에 두 아이가 모래에 머리를 박은 타조처럼 책상을 응시했다.

"선생님만 모르는 건데요."

일전에 합평에서 세언이 소설에 쓴 단어가 무슨 뜻이냐고 묻자 그 애는 말했다. "핑프." 이어진 말에 곳곳에서 피식 웃는 소리가 들렸다. 세언은 집에 도착해 그 애가 한 말을 검색했다. 핑거 프린세스. 등 뒤에 포스트잇이 붙은 것도 모른 채 하교하던 초등학생 시절로 돌아간 것 같았다. 화가 나기보다는 모욕을 당해도 모욕인지 모른다는 게 겁났다.

"늙으면 콧물이 흐르는 것도 몰라."

매서운 겨울바람에 대피하듯 주점에 들어갔던 학부 시절의 어느 날, 동행한 선생님이 냅킨으로 코를 닦으며 말했다.

50대 후반의 시인은 비슷한 연배의 다른 선생님들보다 말끔한 차림새로 다녔으나 눈곱이 자주 눈에 띄었다. 긴장감이 떨어지고 감각이 무뎌지다가 결국 기저귀를 차게 되는 거라고, 선생님의 한탄에 대꾸하는 학생은 없었다. 모두 20대 초반이었고, 뭐라고 답해야 할지 몰랐다. 비단 몸의 문제만은 아니었다. 세언은 학생들과 어울리며 그 세대를 이해해보려고 노력했으나 감각은 어쩔 수 없는 영역이었다. 무엇이 폭력인지, 무엇이 세련된 건지, 무엇이 좋은 건지, 요즘 아이들과는 감수성이 달랐다. 학생들이 좋아하는 신인들의 작품을 읽어도 몸이 반응하지 않았다. 좋은 작품을 만났을 때의 떨림은 체험의 영역이었고, 그녀가 다시 태어나지 않는 이상 느낄 수 없는 것이었다.

수업 내내 시위를 벌인 그 애는 정작

수업이 끝나자 동기와 미적거리며 강의실을
떠나지 않았다. 세언은 저녁 메뉴를 고민하는
두 사람을 두고 나왔다. "아, 개짜증 나."
뒤에서 들린 소리가 그녀를 두고 한 말은 아닐
거라고 애써 의심을 지우면서.

엘리베이터 내부는 덕지덕지 붙은
포스터와 대자보로 지저분했다. 거울 옆에
붙은 큰 대자보 하단에는 지지자들의
소속과 이름이 쓰여 있었다. 세 번째 줄에
그 애의 이름이 보였다. 옳은 일이니까,
당연히 해야 한다는 투로, 학기 초 그 애는
세언에게 서명을 요구했다. 자신이 옳다고
믿는 게 옳은 거라고 생각했고, 그녀도
당연히 지지할 거라고, 지지해야 한다고
생각했다. 선생님이니까, 더구나 문학을 하는
사람이니까.

"아직 안 읽어봐서. 나중에 읽어볼게."

대자보는 대부분 학교 측을 비판하는 내용이었고, 그녀는 잘 알지도 못하는 일에 서명했다가 괜히 사건에 연루되고 싶지 않았다. 강의와 마감만 해도 벅찼다. 그날 이후 그 애는 유치한 방식으로 불만을 표출했다. 이름이 뭐라고. 세언은 가방에서 볼펜을 꺼내려다가 다시 지퍼를 닫았다. 아니, 이름이 전부였다. 세 권의 단편집과 한 권의 장편소설. 남은 건 이름뿐이었다. 여태껏 그녀는 소설을 통해서만 말하려고 했고, 그 이름에 얼룩을 남기지 않으려고 조심했다. 그렇게 해서 남은 이름인데, 그 애는 자기가 무슨 행동을 했는지 몰랐다. 다짜고짜 길을 가로막고 서명하라는 유니세프 직원처럼 굴었다는 걸, 옳은 일이니 무조건 서명해야 한다는 태도가 그녀에게는 폭력이었다는 걸 알지 못했다.

대체 어떻게 알려줘야 할까.

학교 후문에서 나와 역으로 걸어가면서 세언은 지난밤에 읽은 글을 떠올렸다. 익명의 메일을 받은 계정으로 가입한 카페 목록에는 송하가 마지막으로 들었던 수업 카페도 있었다. 오랜만에 들어간 카페는 고대 유적지 마을 같았다. 메일을 용도별로 구분하기 전이었다. 그때는 학생들과 대화가 통한다고 생각했는데 그녀의 착각이었다. 그랬다면 송하와의 관계가 그런 식으로 끝나지는 않았을 테니까. 송하는 카페에 〈숲의 기원〉이라는 글을 올린 후 수업에 나오지 않고 핸드폰 번호도 바꿔버렸다. 그렇게 끝난 일인 줄 알았는데 그것도 착각이었을까. 송하가 범인이라는 증거는 없지만 세언은 자꾸 송하를 의심했다. 당시 수강생들이 그 글에서 세언이 느낀 위기감을 눈치채지 못한 것처럼 두 사람이 아니고선 알 수 없는 심증이었다.

❖

2018-10-27 04:43

숲의 기원

어느 언덕에 영험한 고목이 있었다. 과거부터 미래까지 모르는 게 없다는 소문이 돌았다. 인근의 씨앗과 새, 곤충 들은 그 나무를 만나기 위해 언덕으로 모여들었다. “나는 신이 아니야. 그저 오래 살았을 뿐이지. 대신 오랜 세월 본 건 많단다. 보자, 너는 아주 심지가 튼실하구나. 저기 단단한 흙 위에 가서 서는 게 좋겠다. 넌 나중에 아주 빨간 꽃을 피우겠구나. 해를 많이 받아야 하니 저기 아무도 없는 자리에 서렴. 그리고 너희는 내 안에서 지내거라. 먹을 게 풍족할 거야." 고목은 자신의 지식과 경험을 바탕으로 제각기 특성에 맞게 적절한 장소를 안배했다.

아주 먼 들판에 있던 씨앗도 그 소문을 전해 들었다. 막연히 떠돌아다닐 뿐, 자신이 무엇이 될 수 있을지, 어디가 제자리인지 알 수 없었던 씨앗은 오랜 시간을 거쳐 그 고목이 사는 언덕에 도착했다. 그곳에는 비슷한 기대를 품고 온 작은 것들이 모여 있었다. 고목 주변에는 그가 예언한 대로 화려하게 꽃을 피운 식물들이 있었고, 씨앗은 그 광경을 보면서 이곳에 오길 잘했다고 생각했다. 그러나 고목을 만나려는 줄은 아주 길었다. 순서를 기다리는 사이, 더 많은 것들이 언덕으로 모여들었고, 줄이 흐트러지면서 새치기와 다툼이 일어났다. 일부는 기다림을 견디지 못하고 떠났다. 씨앗은 추위와 바람을 견디며 고목을 만나기를 기다리다가 휴면기에 들었다.

씨앗이 다시 깨어난 건 아주 오랜 세월이 지난 뒤였다. 함께 기다리던 것들은 성장했거나 죽어 있었다. 소나무, 사시나무, 민들레, 광대버섯, 사슴벌레, 다람쥐, 부엽토, 그 모든 것이 울창한 숲을 이루었고, 한가운데 고목이 있었다. "이제 바람과 눈과 비를 걱정하지 않아도 되겠구나." 고목은 제 안에 둥지를 튼 새들이 지저귀는 소리를 자장가 삼아 잠들어 있었다. 자신이 만든 아름다운 공동체에서.

2018년 가을 강좌 개강 날, 세언은 강의실에 앉아 있는 송하를 보고 놀랐다. 근 1년 만에 보는 얼굴이었다. 장편소설 연재를 시작하면서 시간을 내기가 어려워졌고, 연재를 마치고 나서는 밀린 일을 처리하느라 잊고 있었다. 수업이 끝나고 송하는 세언에게 다가왔다. 차라도 마시며 밀린 안부를 나누고 싶은 눈치였으나 세언은 아직 강의실에 남아 있는 수강생들을 의식하며 나중을 기약했다.

수업에는 처음 본 수강생과 이전에 본 수강생이 섞여 있었다. 세언은 개개인에 맞춰 공평하게 대했다. 처음 본 학생에게는 스타일을 파악하기 위해 질문을 많이 했고, 오래 본 학생들에게는 이전에 쓴 소설들을 참고해 조언해주었다. 그러나 송하에게는 해줄 말이 없었다. 송하가 합평에 제출한 소설은 신춘문예 본심에 올랐던 소설이었다. 그게 2년 전인데 많이 고치지도 않은 글을 보고 세언은 실망했다. 새 소설도 없으면서 왜 수업을 신청한 건지 의아했다. 완성도는 어느 정도 있는데 뻔하다. 수강생들의 평가도 과거와 크게 다르지 않았다. 세언은 송하를 보면서 무슨 말을 해줘야 할지 고민했다. 합평 내내 무덤덤한 얼굴. 작품보다 태도가 문제였다. 정체기에서 벗어나려면 뭔가 충격이 필요해 보였다. 자기가 쓴 작품에 애정을 갖는 건 좋지만 몇 년씩 집착하는 건 어리석고 미련한 일이라고, 세언은 송하와 눈을 맞췄다. “개선될 여지가 없는 건 버려야죠.” 보다 냉정한 어조로 말하며 송하가 각성하기를 바랐다. 그래야 이 수업에서 얻어 가는 게 있을 테니까. 그게 선생으로서 해야 할 일이라고 생각하며 송하가 고개를 푹 숙이는 모습을 확인하고 합평을 마무리했다.

세언이 그렇게 송하를 몰아붙인 건 이전에도 여러 차례 있었다. 송하도 그녀의 의도를 알았기 때문에 감정적으로 받아들이지 않았다. 그러나 그날 합평 이후 송하는 수업 분위기를 망치려고 작정한 것처럼 다른 소설의 단점만 지적하고, 인신공격을 아슬아슬하게 비껴가는 발언을 했다. 세언이 좋게 타일러도 송하의 태도는 달라지지 않았다. “이 작품은 고쳐봤자 소용없을 거 같아서 솔직하게 말한 건데요.” 도리어 일전에 세언이 했던 말을 끌어와 자신을 방어했다. 덩달아 다른 수강생들의 발언도 날카로워지면서 수업은 합평을 표방한 감정 다툼으로 변질됐다. 결국 환불을 요청하는 수강생이 나오자 세언도 더는 두고 볼 수 없었다.

왜 이렇게 됐을까.

세언은 약속 장소로 나가며 생각했다. 1 대 다수의 공방전처럼 보이지만 송하와 세언의 갈등이었다. 신춘문예 본심에 올라간 다음 해 송하는 더욱 의욕적으로 쓰고 투고했으나 전부 예심에서 떨어졌다. 단어, 행간, 인물, 장면, 구성, 글을 쓰는 건 선택의 연속이자 결정의 집합체였고, 낙선을 거듭하면서 송하는 자기 확신을 잃었다. 이야기가 이렇게 흘러가는 게 괜찮은지, 지금처럼 아르바이트를 하면서 계속 글을 써도 될지, 그렇게까지 하면서 글을 써야 하는 이유가 뭔지, 스스로 찾아야 하는 답을 세언에게 물었다. 그때마다 세언은 팔짱을 풀어내듯이 조심스럽게 송하가 스스로 나아갈 수 있도록 도왔다. 그렇게 곁에서 지켜보는 게 얼마나 어려운 일이었는데, 송하는 그간 그녀가 쏟은 노력은 생각하지도 않고 수업을 망쳤다. 세언은 그런 송하가 괘씸했으나 학생과 똑같이 굴어선 안 된다고, 공과 사를 구분하자고 다짐했다.

"수업에 불만이 있어도 다른 사람들에게 피해를 줘선 안 되지."

그날, 세언이 카페에서 만난 건 과거의 분별력 있던 학생이 아니었다. 송하는 감정에

빠져 세언의 말을 듣지 않았다. 문제가 뭔지 되짚어도 계속 딴소리를 하며 대화의 논점을 흐렸다. 제 감정에 골몰한 모습이 자신과 얽힌 것을 전부 망가트리는 폭풍 같았다.

"그거 아세요? 선생님이 아무 감정도 없는 무생물처럼 절 응시하실 때가 있어요. 백지처럼요. 무언가를 아주 오래 마주하면 그와 닮아가잖아요. 백지는 다정해 보이지만, 냉정해요. 무슨 말이든 괜찮은 것처럼 속을 터놓게 만들고 제가 어떤 사람인지 가차 없이 드러내잖아요. 전 요즘 백지를 볼 때마다 섬뜩해요."

송하의 감정이 격해질수록 세언은 차분해졌다. 왜 내게 이런 말을 하는 걸까. 송하가 원하는 게 뭘까. 소설을 쓸 생각도 없으면서 왜 강좌를 신청한 거지. 대화가 엇갈릴수록 명료해졌다. 송하는 무언가 착각하고 있었다.

만난 지 3년이 지나면서 둘의 관계는 정체기를 맞았다. 송하는 새 소설에 세언이 어떤 피드백을 할지 알았고, 세언도 새 소설에 기대를 품지 않았다. 만나도 문학 얘기보다는 사적인 대화를 나눴다. 사석에서 만난 작가들과 세언의 도움을 요청하는 학생들. 송하와 접점이 없는 사람들이라 세언은 그들에 관해 말할 수 있었다. 물론 실명은 밝히지 않았지만. "작가들은 작품에서 그렇게 깨닫고 또 깨달으면서 현실에서는 왜 그럴까요?" "다들 성인이면서 왜 그렇게 선생님께 자기 힘든 걸 털어놓는지 모르겠어요. 강사는 교육 서비스직이라고들 하면서." 언제부턴가 세언은 송하의 입에서 나오는 말들이 불편했다. 그들의 동료도, 선생님도 아니면서 잘 안다는 투가 거슬렸다.

그녀가 동조하지 않으면 더는 얘기하지 않았지만, 송하와의 대화가 이전만큼 편하지 않았다. 1년간 거리를 둬서 알아들었을 거라고 생각했는데 송하는 여전히 두 사람의 관계를 혼동하고 있었다. 그녀에게는 많은 수강생이 있고, 송하는 그중 하나일 뿐이라는 것, 세언은 그 사실을 분명히 했다.

"우린 친구가 아니잖아."

얼마 지나 송하는 수업 카페에 글을 올리고 카페를 탈퇴했다. 그 글을 읽고 세언은 그간 송하에게 너무 많은 말을 했다는 사실을 자각했다. 송하의 글은 언젠가 세언이 송하에게 묘사한 이곳의 풍경이었다. 내가 또 무슨 말을 했더라. 이후 송하는 자취를 감추었으나 세언은 종강까지 송하가 다시 수업에 나타나는 게 아닌지 마음 졸였다. 그 일을 계기로 인정했다. 그녀의 선생님들과 다르고 싶었으나 자만이었다는 걸. 겨울 강좌를 앞두고 세언은 강의용과 청탁용 메일 주소를 추가로 만들었다. 용도에 맞게 메일을 분리하니 오랫동안 방치한 집을 대청소한 것처럼 어지러운 심경도 추슬러졌다.

이해하려고 하지 마.

행위만 생각해.

지난 두 달간 온 메일이 열일곱 통.

세언은 이런 상황에서 어떻게 대처해야 하는지 알았다. 과거에 두 사람이 어떤 관계였든, 그들 사이에 무슨 일이 있었든, 그런 행동은 엄연한 범죄라고, 일전에 스토킹을 당하는 동료에게도 단호하게 신고하라고 조언했다. 그래서 신고를 했을까, 안 했을까. 그 조언을 하고 잊어버려서 어떻게 됐는지 듣지 못했다.

막상 신고를 하려니 망설여졌다. 그녀는 명백히 피해자였고, 켕길 것도 없었다. 하지만 그런 건 중요하지 않았다. 인터넷에 글이라도 올라오면 이곳저곳에서 증거와 증언이 쏟아져 나오며 삽시간에 개인의 사생활이 파헤쳐졌다. 세언은 인터넷에 올라온 무수한 사건을 보면서 깨우쳤다. 가해자든 피해자든 사건과 무관한 일로 비난받기 십상이라는 걸. 그녀와 같은 직업군은 사건에 연루되는 것 자체가 타격이었다.

'아름다운 사람은 머문 자리도 아름답습니다.'

세언은 학교 화장실 문에 붙은 문구를 만든 사람에게 따지고 싶었다. 사람이 어떻게 아름다울 수 있냐고. 익명의 메일도, 송하도, 매주 불만을 표출하는 그 애도, 저마다

하는 말은 달랐으나 요구하는 건 같았다. 선생님이니까, 문학을 하는 사람이니까, 소설을 쓸 때처럼 모든 걸 섬세하게 살피고 보듬어주기를 바랐다. 소설로 쓸 만한 이야기인가. 세언은 자신이 가진 것 가운데 남길 가치가 있는 것들을 소설로 썼다. 그런 것들만 책으로 나오니 좋은 사람으로 오인되는 건 어쩔 수 없었다. 그러나 그들도 모르지 않았다. 그녀가 그들과 다르지 않다는 걸 알면서도 더 나은 사람이기를 바랐다. 세언은 찬물에 손을 씻으며 마음을 가라앉혔다. 냉정하자. 어른답게. 실제로 그렇지 않더라도 그런 척은 할 수 있잖아. 티슈로 물기를 닦고, 강의실로 돌아가 핸드폰을 하고 있는 그 애를 불렀다.

박서경.

수업이 끝나고 서경은 홀로 강의실에

남았다. 아직 11월 중순인데 벌써 발목까지 오는 패딩을 입고 있었다. 개인적인 일로 정신이 없어서 일전에 말한 대자보를 잊었다고 세언이 사정을 설명하는 동안 서경은 뚱한 표정으로 딴 곳을 쳐다봤다. 뭘 그렇게 보는지 시선을 따라가도 보이는 건 회색 벽뿐이었다. 강의실에 침묵이 차오르자 그때까지 들은 체 만 체하던 서경이 마침내 입을 열었다.

"선생님이 생각하는 그런 게 아닌데요."

그럼 뭐 때문이냐고 묻자 서경이 다시 입을 닫았다.

"내가 착각한 거구나. 그래도 그 일이 계속 마음에 걸려서 얘기하고 싶었어."

세언은 이유가 뭐든 그녀가 서경에게 신경 쓰고 있다는 걸 알리는 게 중요하다고 생각했다. 관심과 존중, 학생들이 원하는 건 결국 그런 것들이니까.

“전 사티로스와 사람이 친구가 될 필요가 없다고 생각해요.”

세언은 뜬금없는 소리에 잠시 멈칫했다. 이윽고 서경이 일전에 수업 자료로 읽은 이솝 우화에 대해 말하고 있다는 걸 알아차렸다. 숲의 종족인 사티로스가 사람에게 절교를 선언하는 이야기였다. 사티로스의 눈에는 입김을 불면서 손을 ‘따듯하게 덥힌다’고 하고선 얼마 안 가 똑같이 입김을 불면서 뜨거운 수프를 ‘차갑게 식힌다’고 말하는 사람이 신뢰할 수 없는 존재로 보였기 때문이다. 사티로스의 판단은 인간에 대한 무지에서 비롯된 오류 추론이지만 이 이야기는 비유적으로 깊은 진실성을 지닌다고, 과거에 어느 선생님이 그 우화로 비유를 설명했다. 세언이 그 우화를 떠올린 건 그날 합평한 학생의 소설 때문이었다.
너무 개연성이 있어서 재미가 없었다.
논리적으로 말이 안 되지만 설득되는 것,
소설적인 것을 설명하기 위해 준비해 갔으나
예상보다 합평이 길어졌다. 누가 중간에 무슨
말을 했는데 수업 시간이 얼마 남지 않아서
지나쳤다. 그때 질문한 학생이 서경이었구나.
이유를 듣고 나니 허탈했다.

"그래, 꼭 친구가 될 필요는 없지."

집으로 가는 지하철에서 세언은 서경과의
대화를 곱씹었다. 강의실에서 나가던
모습만 봐선 서경이 사과를 받아들인 건지
아닌지 알 수 없었다. 일전에는 마음이
조급해서 딴소리로 치부했으나 생각해볼
만한 말이었다. 사티로스는 사람에 관해
무지하기 때문에 사람이 자각하지 못하는
모순을 발견할 수 있었고, 사티로스의 무지가

아니라면 사람은 같은 행동을 상대적으로 표현한다는 걸 끝내 깨닫지 못했을 것이다. 사람에게는 지극히 자연스러운 일이니까. 서경의 말대로 사티로스가 애써 인간을 이해할 필요도, 둘이 꼭 친구로 지낼 필요도 없었다. 이해와 화합도 인간적인 가치가 아닌가. 무지, 혼동, 추론의 오류, 부당한 판단. 세언은 지금까지 자신이 인간의 관점으로만 그 이야기를 읽어왔다는 것을 깨달았다. 이 우화를 알려준 선생님의 해석으로. 사람에게 감화된 사티로스의 시각으로.

전 여기가 좋아요.

제가 아는 제일 사려 깊은 곳이거든요.

송하가 아니었다.

그녀가 누군가에게 한 말이었다.

❖

스물일곱에 세언은 스무 살부터 시작한 서울 생활을 정리하고 원주로 이사했다. 이후 그곳에서 글쓰기를 중단하고 새로운 삶을 꾸렸다. 그러다 2년 만에 처음으로 쓴 장문의 글이 20대 초중반에 가장 많은 영향을 받은 선생님께 보내는 메일이었다.

선생님이 어떤 표정을 짓고 계실지 눈에 선하네요. 작품을 분석할 때 나오는 표정이요. 평소 누누이 강조하셨던 자기 객관화의 징표 같았죠. 그 표정을 짓고 있는 선생님을 이길 수 있는 학생은 없었습니다. 여럿이 선생님의 의견에 반박했다가 패잔병처럼 강의실을 나갔죠. 그때는 그게 당연했습니다. 선생님이 하신 말이 타당했으니까요. 선생님 말씀을 이해하지 못하는 학생들이 어리석어 보였죠. 하지만 그들도 몰랐던 게 아니었습니다. 선생님 말씀이 맞지만, 납득되지 않는 게 있었던 거죠. 선생님은 좋은 분인데 왜 불온한 느낌이 들까. 자기 검열의 결론은 언제나 제가 잘못됐다는 겁니다. 하지만 이성의 반대에도 몸과 감정은 계속 선생님을 지목합니다. 이 혼란을 야기한 게 선생님이라고요.

아이러니하게도 문학과 멀어지니 문학에 가까워진 기분이 듭니다. 백지와 같은 시선으로 선생님이 하신 말들을 다시 보게 됐습니다.

선생님이 학생들과의 논쟁에서 언제나 승자였던 건 매번 옳았기 때문이 아닙니다. 본인이 했던 말들을 쉽게 잊어버리고, 번복하고, 지성과 공감 능력, 상상력은 선별적으로 적용하셨으니까요. 그런데도 항상 승리하셨던 이유는 마음을 거두어 들인 덕분이었습니다. '은, 는, 이, 가'의 효과부터 생략에 포함된 것까지 시를 호흡 단위로 해체하셨죠. 관찰하는 눈동자만 남은 얼굴이 여치 다리와 날개를 뜯으며 생명의 구조와 신비를 파헤치는 아이 같았습니다. 아직 생명의 소중함을 배우지 않은 아이요. 선생님께 붙잡히면 울지도 못했죠. 작가라면 무릇 작품과 자신을 분리해야 한다는 말에 다들 합평 후 침울한 마음을 감췄습니다. 마음이 없어야 상처받지 않고, 상처받지 않아야 계속 쓸 수 있으니까요.

그렇게 저는 선생님에게서 작품의 피부와 척추와 관절, 힘줄 같은 구조를 배우고, 심장에서 뿜어져 나온 피가 어떻게 순환하며 심장이 뛰게 되는지 알게 됐습니다. 그 가혹한 고문에서 살아남은 작품들이 좋은 시였죠. 그렇지만 아무리 좋은 시라 해도 고문의 후유증에서 벗어날 수는 없었습니다. 시적인 것들이 어떻게 작동하는지 그 원리가 보였거든요. 가끔은 제가 고문을 받은 게 아닌지 의구심이 들었습니다. 그러나 전문가가 된다는 건 그런 거였죠. 다른 사람들이 알지 못하는 진실을 마주하는 것. 엄마의 체취로 여겼던 좋은 향기가 인간의 육체에서 날 수 없는 냄새라는 것을 알게 되면서 저는 아름다운 것들을 포즈로 보기 시작했습니다.

선생님은 이미 첫 수업에서 이러한 모순을 고백하셨죠. 문학은 가르칠 수 있는 게 아니라고요. 본인의 부족함과 한계를 인정하는 모습이 진솔해 보였습니다. 진정성 있는 목소리, 섬세한 뉘앙스, 자연스러운 화제 전환……. 선생님의 화법은 글쓰기 방식과 닮았습니다. 결정적인 말은 생략되어 있더군요. 직설적인 표현을 삼가고, 언제나 우회적으로 전달하셨죠. 가장 능숙하게 활용한 건 침묵이었습니다. 시처럼, 말하지 않는 방식으로 말씀하셨죠. 선생님은 소외된 것들에 대해 말하는 게 얼마나 중요한지 아시는 만큼 언급하지 않는 게 폭력이 될 수 있다는 걸 알고 계셨습니다. 무시와 침묵. 그게 선생님의 처벌 방식이었죠. 그 사실을 깨닫기 전까지는 앞서 사라진 모두가 자발적으로 이곳을 떠났다고 생각했습니다. 하지만 몇 명은 떠나기 전에 지워졌죠. 자기가 선생님 눈 밖에 났다는 사실을 모른 채요. 외견상 선생님은 아무것도 하지 않았으니까요.

저도 압니다.

지금 제가 말하는 것들이 선생님을

비난할 이유가 되지 못한다는 걸요.
인간이라면 누구나 가지고 있는 불완전함과
모순이죠. 서로 그러려니 이해하고 넘어가는
것들이요. 산다는 건 점점 불분명해지고
의미를 알 수 없는 존재가 되어가는 거라고,
선생님의 에세이에 밑줄을 그어가며 읽은
문장입니다. 전 그 문장이 문학적이라고
생각했습니다. 아직도 그 말에 동의하고요. 전
선생님을 설득할 생각이 없습니다. 선생님을
비난할 사건도, 근거도, 증거도 없습니다.
그 말이 선생님을 비호하는 한, 저는 스스로
물러설 수밖에 없습니다. 이 메일은 그런 제
혼란을 설명할 뿐입니다. 선생님의 답변을
듣기도 전에 납득해버린, 은밀하고 교묘한
덫에 걸린 기분요.

스스로 생각하기에도 배은망덕했다.

오랫동안 자신을 챙겨준 선생님을 탓하는 게 추하게 느껴졌다. *객관적인 시선으로 봐. 설득력이 없어. 나무가 아니라 숲을 봐야지.* 메일을 쓰는 내내 선생님의 목소리가 들리는 듯했다. 세언이 떠올린 이유는 너무 사소했다. 범죄도 아니었고, 직업윤리를 운운할 일도 아니었다. 한 달 넘게 기억을 뒤지며 선생님이 납득할 만한 근거와 일화를 찾았으나 번번이 자기 검열에 가로막혔다. 쓰면 쓸수록 거대한 음모에 빠진 기분이 들었다.

"전 여기가 좋아요. 제가 아는 제일 사려 깊은 곳이거든요."

세언은 개별성과 다양성을 존중하는 문학의 방식이 좋았다. 대학교에 들어가 배운 것도 개성을 찾는 것이었다. 선생님들의 시야는 세언보다 넓고, 깊고, 세밀했다. 특유의 통찰력으로 스스로 깨닫지 못하는 그녀의 특징을 짚어줬다. '색으로 비유하자면 세언의 글은 회색이에요.' 약속에 지각한 날, 선생님이 택시에서 썼다며 건넨 엽서에 적혀 있던 말이었다. 세언은 처음 본 선생님의 필체가 낯설고 신기했다. 활자로 접하는 관념적인 문학이 아니라 구체적이고 현실적인 문학. 유연하게 흘려 쓴 글씨와 비교하니 그녀의 글씨체가 너무 평범하고 반듯해 보였다.

어떤 때는 짧았다가 어떤 때는 긴 자음과 모음처럼 세언은 선생님과 함께하면서 의외의 면들을 맞닥트렸다. 마감일이 지난 상황에서도 선생님은 여유로웠다. "괜찮아, 애초에 못 지킬 걸 예정하고 정한 날짜니까." 약속을 어길 걸 전제한 약속이라니. 선생님께 들은 업계의 룰은 이상했다. 선생님은 세언과의 약속에도 자주 늦었다. 그때마다 진심 어린 표정으로 사과했지만, 지각하는 습관은 여전했다. 수업에서는 단어와 쉼표 하나도 그냥 넘어가지 않고, 시집에서는 그토록 섬세하게 뉘앙스를 다루는 분이, 유치원생도 아는 '미안'의 의미와 마음을 모르는 것 같았다. 그런데도 세언은 화가 나지 않았다. 건망증과 실수, 털털함……. 치밀한 가운데 허술한 면들이 인간적으로 느껴졌다.

"너 아직도 따라다니는구나."

어느 날 선생님과 함께 간 술자리에서 세언은 선생님의 동료에게 그 말을 들었다. 다음에 선생님을 만나 그 말을 전했다. 그런 말을 들은 게 처음은 아니었으나 선생님에게 알린 건 그때가 처음이었다. "걔는 뭐 그런 말을 하니. 취해서 한 말이니 네가 이해해." 세언은 술자리에서 들은 말보다 선생님의 반응에 더 상처받았다. 선생님이 뭘 어떻게 해주길 바란 건 아니었다. 다만 확인하고 싶었다. 그날 술자리에서 선생님이 그 말을 듣고도 모른 척한 게 그녀의 착각이었는지. 그간 선생님을 의심했던 기억이 여럿 떠올랐다.

선생님의 친구가 성 추문에 올랐을 때도, 선생님에게 만남을 요청했던 학생이 죽었을 때도. 선생님은 뒤늦게 분노하고 슬퍼했다. 그리고 그 사태를 막지 못한 후회와 자책을 시로 썼다. 정말 몰랐을까. 옆에 있던 그녀도 알고 있던 것들인데. 세언은 그런 선생님을 모른 체하며 인간이라는 단어를 떠올렸다. 연로한 부모님 걱정과 동료에 관한 험담, 수업에 있는 특이한 학생. 선생님이 세언에게 내어준 건 사적인 영역이었고, 그녀는 한 사람으로서 선생님을 이해했다. 시인이고, 선생님이고, 전부 직업이니까. 자기 안위가 우선이니까. 그게 인간이고 인간의 다양한

면모를 이해하는 게 문학적인 태도니까.
그러나 선생님의 시집 속 문장들이 이전처럼
와닿지 않았다.

"너도 갈래?"

마지막으로 갔던 낭독회에서 그 말을
들었을 무렵에는 선생님이 말한 미안이
얼굴을 아름답게 하는 일이라는 것을 알았다.
일견 다정한 권유였으나 머릿속에 떠오른
건 오래전 있었던 것과 비슷한 상황이었다.
선생님은 세언에게 뒤풀이에 같이 가자고
하면서 그 자리에 함께 있던 언니에게 물었다.
"너도 갈래?" 그 말을 듣고 세언은 직감했다.
그 언니의 자리에 그녀가 서게 된 것처럼
다른 학생이 그녀의 자리에 서게 되리라는 걸.
다행인 건지 더는 선생님과 편집자가 향하는
곳이 어디인지 궁금하지 않았다.

그 모든 게 아무것도 아니지만, 아무것도

아닌 게 아니라고. 아무것도 아닌 일들이 쌓여 문학을 떠나게 됐다고, 세언은 선생님께 알리고 싶었다. 그러나 한 달 넘게 쓴 글의 대부분이 자기 검열에 삭제됐고, 앞서 쓴 이유들과 함께 메일을 보내겠다는 결심도 깎여나갔다. 이러다 결국 메일을 보내지 못하리라는 예감에 그녀는 무작정 발송 버튼을 눌렀다. 말하고자 하는 게 뭔지 모를, 이도 저도 아닌 상태로. 선생님께 쓴 편지의 진의를 깨달은 건 메일을 보낸 뒤였다.

도와주세요.

선생님에게선 답장이 오지 않았다.

그 메일에 대해 아는 건 세언과 선생님뿐이었다. 더 있다고 해봤자 선생님과 친한 동료 한두 명 정도. 그 이상은 아닐 거라고 생각했다. 타인을 위로하면서 정작

타인의 위로는 믿지 않는 분이었으니까.

메일을 보내고 몇 년이 지나 세언은 서대문역 근처에서 열린 시상식에서 선생님과 마주쳤다. 선생님 옆에는 그녀에게 아직도 선생님을 따라다니냐고 물었던 선생님의 동료도 있었다. 그들은 세언을 아는 척하지 않았고, 세언도 굳이 다가가 인사하지 않았다. 이후에도 두 사람은 간혹 마주칠 일이 있었고, 어쩔 수 없이 대화를 나눠야 하는 상황에선 서로 존댓말을 쓰며 처음 만난 것처럼 대했다.

세언이 그 메일에 관해 말한 날, 송하는 근처 카페에서 세언의 수업이 끝나기를 기다리고 있었다. 수업을 마치니 저녁 9시가 넘어 세언은 서둘러 카페로 갔다. 카페 안은 후덥지근하고 갑갑했다. 곳곳에 화분이 보였으나 공기 정화 효과는 없는 듯했다. 세언은 제일 안쪽 구석에 앉아 있는 송하에게

다가갔다. 카페에 온 지 세 시간쯤 됐다고 말하며 송하는 테이블 위에 있던 샌드위치 포장지와 빈 음료 잔, 책과 원고를 황급히 치웠다. 작업할 생각으로 일찍 나왔다고 덧붙이는 송하를 보며 세언은 20대 후반의 한 여자애를 떠올렸다. 한 시간 일찍 도착해 인근을 배회하고서 조금 전에 왔다고 거짓말하던 그 애, 상대는 사과하지도 않는데 먼저 괜찮다고 하던 그 애. 그럴 필요가 없다고, 세언은 말해주고 싶었다.

"아는 선배와 시상식에 갔는데 그 선배가 저쪽으로 가지 말자고 그러는 거야. 거기에 앉아 있던 한 선생님과 어색한 사이라면서."

여느 때처럼 송하는 세언을 곤란하게 하는 질문은 하지 않았다. 그 선배와 선생님이 누구인지, 메일의 내용이 구체적으로 뭐였는지 묻는 대신 주먹으로 테이블을 쳤다.

"저라면 치사하고 악랄하게 복수했을 텐데."

세언은 송하를 보며 웃었다. 얼마 전, 선생님과 마주친 이후 저조해졌던 기분이 나아지는 듯했다. 나 때문에 글을 못 쓰게 됐다더니 왜 여기에 있니. 선생님은 아무 말도 하지 않았으나 지레 그런 생각이 들었다.

"그런데 그분은 어떻게 다시 글을 쓰신 거예요?"

"선생님이 없어서 그런 게 아닐까."

사람 사는 곳은 다 마찬가지였다. 이곳의 위선을 견딜 수 없어서 떠났지만, 바깥에서 보니 이곳에는 체면이라도 있었다.

다시 돌아올 때는 이전과 같은 환상이 없었다. 선생님의 그늘을 벗어나니 선생님은 문학이라는 숲을 구성하는 나무 한 그루에 불과했다. 다른 위치에 서니 이곳이 다르게 보였다. 다들 자신만의 세계를 구축하고 가꾸는 데에 관심이 있었고, 그를 위해 서로 영향을 주고받았다. 아직도 따라다니냐는 말을 들으며 그녀가 선생님 곁에 머문 데에도 목적이 있었다. 선생님의 일거수일투족을 흡수했다. 그녀의 세계에 모순이 깃들 때까지. 과거 선생님과의 관계를 다시 보게 되면서 세언은 선생님에게 특별한 감정을 품지 않게 됐다. 그녀에게 일어난 일은 생태계의 순환처럼 특별한 적의도, 악의도 없었다.

"나중에 제 메일 받고 놀라지 마세요."

송하가 짓궂은 표정을 지으며 말했다. 세언은 그런 메일을 받는 상상을 해봤지만, 아무래도 그런 일은 일어나지 않을 것 같았다.

"두 통까진 봐줄게."

무려 다섯 시간이나 카페에 머문 송하는 먼저 음료 잔을 반납하고 밖으로 나갔다. 세언은 화장실에 들렀다 나가며 송하에게 너무 많은 걸 말한 게 아닌지 후회했다. 이곳에서 경험했던 좋은 것들과 혼란, 부정적인 감정까지. 어쨌든 송하에게 해줄 수 있는 말은 전부 했다고 생각했다. 말이든 글이든 영향력을 행사하는 일이었다. 흡수되느냐, 흡수하느냐, 네가 어디에 있든 중요한 건 너로 존재하는 거니까 누가 네게 영향을 미치는 걸 쉽게 허락하지 말라고. 경계 대상에는 세언도 포함됐다.

"춥다."

역으로 걸어가던 중 무심코 나온 중얼거림을 들은 송하가 팔짱을 끼어와 세언은 움찔했다. 그러나 밀어내진 않았다. 밤공기가 쌀쌀해서 그런지 뭉근한 체온이 싫지 않았다. 송하와 팔을 얽고 있으니 송하가 전부 알고 있을지도 모른다는 생각이

들었다. 다른 인물을 내세웠지만, 실은 그녀의 이야기라는 걸. 언제나 그렇듯 송하는 사실관계를 따지지 않고 세언의 편을 들었다. 세언은 밤하늘을 올려다보며 송하의 팔을 좀 더 가까이 끌어당겼다. 결속, 저 위에서 보면 그들의 자세가 그런 의미의 기호로 읽힐 것 같았다.

……님,

선생님,

선생님,

…….

누가 부르는 소리인지 알 수 없었다.

"선생님."

옆 테이블에 앉아 있던 서경이 세언의 맞은편으로 옮겨 앉았다. 종강 무렵, 호프집은 시끌벅적했다. 원래 있던 학생은 담배를

피우러 나갔는지 외투도 보이지 않았다.
서경은 일찍이 입고 다니던 단체 패딩 대신 흰 코트에 반투명 스타킹 차림이었다. 날이 추워지니 얇게 입은 게 왠지 서경다웠다.

"방학에 뭐 하세요?"

"마감해야지."

서경은 들뜬 목소리로 자기는 1월 초에 교토에 다녀올 계획이라고 말했다. 세언은 아무 일도 없었다는 듯이 친근하게 말을 건네는 서경이 어색하고 불편했다.

"교토에서 양갱을 몇 상자나 사 왔다고 하셨잖아요."

서경이 한 얘기는 세언의 레퍼토리였다. 그녀가 서경에게 말한 건 이상하지 않았으나 서경이 그걸 기억해서 놀랐다. 세언은 아마도 이런 것들일 거라고 생각했다. *선생님은 다정해 보이지만, 냉정해요.* 수업 중 무심코

지나친 말에 상처를 받은 것처럼 그녀가
기억하지 못하는 행동 가운데 다정함을 느낄
만한 게 있었는지도 모른다고.

"방학에 선생님 책 읽어보려고요."

다른 테이블에 있던 학생이 뭘 읽을지
추천해달라고 부탁했다. 세언은 학생들의
눈에 그녀의 소설이 어떻게 읽힐지 알 수
없었다. 너무 고루하다고, 일부 소설은 여성
혐오적이고 피해자에 대한 2차 가해라고
비난할 것 같았다. 그녀가 당황하는
게 재밌었는지 다른 학생들도 앞다퉈
읽어봐야겠다고 말했다. 한 번도 읽어본 적
없는 작가의 무엇을 믿고 배우는 걸까.

선생님,

새삼 그 호칭이 아무 말도 아니라는
생각이 들었다.

테이블이 만석이 되면서 호프집은 서로

뭐라고 말하는지 알아듣기 어려울 만큼 시끄러워졌다. 세언은 두서너 명씩 짝지어 대화를 나누는 학생들을 훑다가 동기와 메뉴판을 보며 안주를 고르는 서경을 바라봤다.

서경과 따로 대화를 나눈 이후 익명의 메일이 오지 않았다. 아무래도 석연치 않았으나 세언은 범인을 파헤칠 생각이 없었다. 메일이 다시 오지 않는 한, 지나칠 생각이었다. 익명의 메일을 신고하기 위해 관련 법률을 찾아보다가 그녀는 과거에 선생님께 고소당할 수 있었다는 사실을 깨달았다. 제발, 죽어버리세요. 마지막에 그 문장을 지운 게 다행이었다. 아무리 화가 나도 도의상 그런 말을 하는 건 아닌 것 같았는데 당시에는 무르게만 느껴졌던 마음이 그녀를 범죄에서 구했다. 세언은 메뉴 두 개를 두고 좀처럼 결정을 하지 못하는 애들에게 그냥 전부 시키라고 말하며 그녀가 마실 맥주도 추가했다.

원래 밤 11시쯤 술자리를 정리하려고 했으나 막판에 술자리 게임이 시작되는 바람에 세언은 자정이 지나서야 술집에서 나왔다. 서너 명은 인사도 하지 않고 중간에 가버린 듯했다. 막차를 타야 하는 아이들이 먼저 떠나고 네 명이 남았다. 과실, 자취방, 술집. 어디로 갈지 상의하는 무리에 서경도 끼어 있었다.

"선생님, 같이 안 가실래요?"

학생들이 정한 곳은 처음에 가려고 했던 술집이었다. 학교 후문 근처에 있는데 주종도 다양하고, 분위기도 좋다고 모두 그곳을 가고 싶어 했으나 열 명이나 되는 인원이 가기에는 좁았다. 학교 근처에 있는 술집이 좋아봤자 얼마나 좋을까. 세언은 그곳이 그다지 궁금하지 않았다. 지금까지만 해도 계획했던 것보다 시간도 늦고 지출도 컸다. 그렇지만 오늘이 아니면 갈 일이 없을 것 같아서 망설여졌다.

"야, 뛰어."

한 명이 보행신호를 보고 달리기 시작하자 다른 애들도 얼떨결에 따라 뛰었다. 어느새 도로 건너편으로 이동한 아이들이 세언을 향해 손을 흔들었다. 세언이 손을 들기도 전에 그들은 뒤돌아 골목으로 들어갔다. 순식간에 홀로 남은 세언은 택시를 잡는 것도 잊은 채 멀어지는 그들의 모습을 지켜봤다.

골목에 드리운 네 개의 그림자…….

언뜻 숲을 본 듯했다.

숲이 조금씩 이동하고 있었다.

❖

다들 지금 어디에 있을까.

학생이 없는 학교는 폐건물 같았다. 방학인 데다 정초였다. 학교에 누가 있는 게 오히려 의아한 일이었다. 자정이 지난 시각의 학교는 세언이 석사학위를 수료한 이후 처음이었다. 학기 중 바빠서 만나지 못했던 친구를 만나 술을 마시고 귀가하던 길에 충동적으로 목적지를 바꿨다. 택시에서 내려 인문대 건물을 향해 걷는데 교정이 무서우리만치 적막했다. 바람이 불 때마다 나뭇잎이 흔들리는 소리가 빗소리처럼 퍼졌다. 영하의 날씨인데 그리 춥지 않았다. 취기 때문인 듯했다.

인문대 출입구는 잠겨 있었다. 강사증이

없으면 들어갈 수 없는 게 뒤늦게 생각났다. 세언은 떼쓰듯 손잡이를 미당겼다. 문이 열릴 리 없었다. 한밤중 여기서 뭘 하는 걸까. 대체 뭐가 문제냐는 친구의 말대로 익명의 메일도 오지 않았고, 서경과의 갈등도 표면상 풀린 듯했다. SNS에서 찾아본 송하는 그사이 결혼도 하고 잘 지내는 것 같았다. 그럼 된 거 아닌가. 그런데 끝난 기분이 들지 않았다.

문학은 가르칠 수 있는 게 아니죠.

수업에서나 선생님이지, 글을 쓰는 동료라고 생각해.

그건 배우는 사람의 태도가 아니야.

우린 친구가 아니잖아.

개선될 여지가 없는 건 버려야죠.

문학은 언제나 사후적이잖아.

전부 그녀가 한 말들이었다. 자가당착에 빠진 듯했다. 위선자. 익명의 메일은 더 이상 오지 않았으나 세언은 그 말을 떨쳐낼 수 없었다. 모른 척했지만, 모를 수 없었다. 그래서 그간 송하를 의심했다. 송하라면 그녀에게 그런 말을 할 자격이 있으니까.

시작은 강사와 수강생이었다. 만남을 거듭하면서 인간적인 친밀감이 쌓였고, 한 사람으로 세언은 야무진 송하에게 의지했다. 그러나 송하가 슬럼프에 빠지면서 그들의 관계를 보다 단순하게 정의해야 했다. 선생으로서, 동료로서, 친구로서 송하에게 해야 하는 말이 달랐고, 그때그때 상황에 충실했던 말들이 쌓여 위선이 되어 있었다. 세언은 송하에게 미안한 감정을 품었으나 선생과 제자로 선을 그은 걸 후회하진 않았다. 단순히 친구였다면 더 일찍 끝났을지도 모르는 관계였다. 선생이라는 책임감으로 5년 가까이 지속할 수 있었다. 송하와 그렇게 되고는 일로 만난 사람들과 관계의 정체성을 분명히 했다. 하지만 인사를 하고, 안부를 묻고, 잡담을 나누고, 의식하지 못하는 사이에 인간적인 감정이 싹트고 자라는 건 어쩔 수 없었다. 애당초 명확하게 분리할 수 있는 게 아니었다. 그게 가능했다면 한밤중 여기서 이러고 있지 않겠지. 술이 깨는지 점점 추워졌다. 몸이 절로 움츠러들었다. 그만 포기하고 집에 가고 싶었으나 이대로 가면 다음은 없을 것 같았다. 그래도 한 명쯤 지나가지 않을까. 출입구 근처를 서성이던 중 건물 안쪽에서 남학생 하나가 나왔다.

대자보는 아직 엘리베이터에 붙어 있었다. 서경은 대자보 때문이 아니라고 했지만,

세언은 그 말을 믿을 수 없었다. 그녀가 생각하기엔 그게 더 큰일이었으니까.

대자보는 수업 중 문제 발언을 한 강사의 해임을 촉구하는 내용이었다. 학기 초에 붙은 게 아직도 붙어 있는 걸 보면 여전히 답보 상태인 듯했다. 세언은 학교 측이 침묵을 고수하는 이유를 짐작했다. 계약 기간 중간에 강사를 해임하면 소송을 당할 가능성이 컸다. 열 줄도 넘는 서명 중에는 세언이 아는 학생과 강사의 이름도 있었다. 가방에서 펜을 찾는데 외출 직전 가방을 바꿔 멘 게 생각났다. 서경이 요청할 때 서명했으면 됐을 일을 괜히 어렵게 만든 것 같아서 한숨이 나왔다.

난감한 그때 엘리베이터가 움직였다. 4층에서 문이 열렸다. 큰 배낭을 메고 양손에는 종이 가방을 든 여학생이 엘리베이터에 오르려다가 안에 있던 세언을 발견하고는 흠칫 놀랐다.

"펜 좀 빌릴 수 있을까요?"

세언은 버튼 앞에 바짝 붙어 선 여학생에게 물었다. 여학생은 말없이 종이 가방을 바닥에 내려놓고 배낭을 열었다. 세언은 학생에게 빌린 펜으로 대자보에 이름을 적었다.

이세언.

쓰고 나니 아무것도 아니었다. 백여 개가 넘는 이름 끄트머리에 적힌 이름. 세언은 이름을 적고 알았다. 서경이 요청한 게 그저 한 사람의 이름이었다는 걸. 한 사람으로서의 관심과 존중, 언제부터 사람 사이의 기본적인 것들이 무리한 요구로 들리기 시작한 걸까. 그렇지 않았던 때가 있긴 했는지 의문이 들었다.

세언은 자신을 보는 시선을 느끼고

학생에게 펜을 돌려줬다. 펜을 받고 나서도 학생은 짐을 챙기지 않았다. 학생의 시선이 조금 전 그녀가 쓴 이름에 머물렀다. 아는 애인가. 세언은 공연히 불안했다. 회색 비니, 짧은 패딩 아래로 보이는 헐렁한 청바지. 90년대 스타일이 유행이라더니 비슷한 차림을 오늘만 해도 여럿 마주쳤다. 졸업생인지 바닥에 놓인 종이 가방에 미니 선풍기와 책, 패딩 조끼, 세면도구 같은 물건이 들어 있었다.

세언이 먼저 내리려는데 여학생의 눈가에서 무언가 반짝였다. 이내 두 눈에서 눈물이 뚝뚝 떨어졌다. 누수가 있는 수도꼭지 같았다. 세언은 너무 피곤해서 못 본 척하고 싶었지만 우는 애를 두고 가기가 찜찜했다. 일단 엘리베이터에서 학생을 데리고 나왔다. 1층 중앙 출입구 부근에 있는 자판기가 눈에

띄어서 자판기 옆 의자에 학생을 앉게 하고는 자판기에서 뽑은 캔 커피를 손에 쥐여주었다. 커피를 하나 더 뽑아서 옆자리에 앉으니 자신에게도 따듯한 게 필요했다는 생각이 들었다.

"괜찮아요?"

세언은 여학생의 얼굴을 살폈다. 조금 진정했는지 눈물은 멎은 듯했다. 장갑을 낀 손으로 콧물을 닦는 모습이 앳되어 보였다.

"죄송해요."

"우는 게 미안할 일인가."

세언은 벽에 머리를 기댄 채 말했다. "울고 싶으면 울어야죠." 그녀가 아는 학생이라면 무슨 일이냐고 물었겠지만, 이 애는 그녀의 학생이 아니었다. 피곤해서 아무 말도 나오지 않았다. 복도의 조명이 절반쯤 꺼져 있었다. 자판기에서 나는 기계음이 웅웅댔다. 졸음이 쏟아져서 세언은 코트 주머니에 넣어두었던 커피를 마셨다. 따듯한 게 들어가서 그런지 오히려 노곤해졌다. 자꾸 눈꺼풀이 감겼다. 이제 괜찮아진 것 같은데 학생은 일어날 기색이 없었다. 그냥 먼저 가버릴까. 갈등하다가 깜박 잠들었나 보다. 코트 소매를 조심스레 당기는 손길에 힘겹게 눈떴다.

두 사람은 학교 후문 근처에 있는 편의점까지 함께 걸었다. 세언은 체력이 예전 같지 않은 걸 체감했다. 눈이 내리지도 않았는데 걸음을 내딛을 때마다 지면이 푹푹 꺼지는 것 같았다. 자취방이 근처라고, 그새 기운을 차린 여자애가 말했다. 원래 어떤 성격인지 짐작이 가는 당차고 씩씩한 어조였다.

"감사합니다."

"조심히 가요."

먼저 학생을 보내고 세언은 핸드폰을 꺼내 택시를 호출했다. 과부하로 인해 응답 속도가 느려진 컴퓨터처럼 학생이 마지막에 한 말을 뒤늦게 인지했다. "서명해주신 것도요." 고개를 들자 원룸 빌라가 밀집한 골목으로 묵묵히 걸어가는 뒷모습이 보였다. 세언은 순간 저 애를 불러 세워야 할 것 같은 기분이 들었으나 그러지 않았다. 불러서 무얼 해야 하는지 알 수 없었다. 뒤에서 지켜보는 가운데 그 애는 점점 멀어지고 작아졌다. 택시가 도착했는지 전화가 걸려 왔다. 그녀가 기사와 통화를 하는 사이 그 애는 시야에서 사라졌다.

전 여기가 좋아요.

집으로 돌아가는 택시 안에서 세언은

종강날 술자리에서 학생들과 들었던 밴드의 노래를 떠올렸다. 서경이 콘서트 티케팅을 실패했다고 속상해하기에 어느 가수인지 물었더니 제일 좋아하는 노래라며 갑자기 음악을 틀었다. 학교엔 갔었니. 꿈을 꾸어봤니. 싸워는 보았니. 사랑, 이별, 배신, 그런 것들을 전부 해보았냐고, 코라는 가상의 인물에게 묻는 가사였다. 학생 하나가 장난을 걸어왔다. "선생님, 사랑은 해보셨어요?" "그러는 넌 사랑은 해봤니?" 세언이 가소롭다는 듯이 대꾸했다. 학생들과 가사 속 질문 중 무엇을 해봤는지 다 같이 따져보니 별반 차이가 나지 않았다. 각자 자신만 해봤을 것 같은 질문을 던지기 시작하면서 대화는 술자리 게임으로 바뀌었다. "선생님, 공사장에서 잠들어보신 적 있어요?" "전세 사기는 당해보셨어요?" "난 상속 포기해봤어." 세언이 겪어본 일의

가짓수는 많아도 그녀가 아직 겪어보지 못한 일을 겪은 애들이 있었다. 나만 해봤다며 신이 난 애들을 보니 사는 게 '해봤다'가 전부인 시시껄렁한 게임 같았다.

조금 전에 헤어진 여학생도 그 술자리에 있었다면 웃지 않았을까. 그런다고 정말 별것 아닌 일이 되는 건 아니지만, 적어도 그 순간만큼은. 그야말로 소설적인 상상이었다. 복도에서 그 애가 대자보와 관련된 학생이라는 걸 알았더라도 현실적인 조언을 하느라 노래 따윈 떠올리지 못했을 테니까. 종강날 술집에서 서경이 밴드의 노래를 틀었을 때만 해도 종업원의 눈치를 살피느라 노래에 집중하지 못했다.

세언은 창밖을 내다보며 어디쯤인지 확인했다. 학기 중 수없이 오갔던 길이었다. 익숙한 지리인데 위치가 가늠되지 않았다.

길고 흐릿하게 번진 도로 안전등이 핸드레일처럼 하나로 이어져 보였다. 낮에는 볼 수 없는 빛줄기였다. 그 빛줄기와 나란히 달리니 보호받는 듯한 기분이 들었다. 세언은 그 기분에 조금 더 머무르고 싶었으나 졸음을 참을 수 없었다. 수마가 밑에서 끌어당기는 것 같았다. 눈을 뜨고 있는데 끝없이 떨어지는 느낌이었다. 눈을 감기 전, 노랫말에 없는 질문이 떠올랐다. 의식이 흐려지는 가운데 그 애의 목소리를 들었다. 그 애들의 이야기를 쓰자고. 그녀는 고개를 끄덕였다. 누구의 것인지는 모르겠지만, 그래.

내일 아침에도 이 질문을 기억한다면.

* 《우화의 서사학》(김태환, 문학과지성사, 2016) 중 〈사람과 사튀로스: 비유의 탄생〉을 참고했다.

* 작품 속 노래 가사는 실리카겔의 〈Kyo181〉 가사 중 일부를 변형한 것이다.

작가의 말

어떤 비극은 원인이라 할 만한 것을 찾기 어렵다. 애써 원인을 규명해도 그게 사고인지 사건인지 헷갈리는 경우가 있다.

《무칭》은 한창 아팠던 시기에 쓴 글이다. 평소 화가 많은 사람이 아니라고 생각했는데 당시 나는 늘 무력감과 분노에 차 있었다. 그럴 만한 사건도, 대상도 없었다. 감정의 주체인 나조차 이해할 수 없는 감정의 정체를 파악하고자 했던 게 이 소설의 시작이었다.

소설을 쓰면서 나는 학생이었고,

선생이었고, 관찰자이자 방관자였다. 왜 이런 일이 벌어졌을까. 이 이야기에서 비난받을 만큼 잘못한 인물은 없다. 어찌 보면 각자의 위치에서 상황마다 최선을 다했으나 파국이 일었다. 인간은 자기중심적일 수밖에 없지 않나. 타인에게 기대를 품고, 타인의 기대에 부응하지 못하는 걸 잘못이라고 할 수 있나. 누구에게나 한계가 있지 않나. 나는 결코 좋은 사람이 아니다. 한 사람으로서의 책무에 관해 쓰긴 했지만, 그게 정확히 뭔지 모르겠다. 나도 잘 알지 못하고, 하지 못하는 것을 타인에게 강요할 수 없다. 범위가 모호한 도의의 영역에서 일어난 마음의 사건과 그로 인해 벌어진 현실의 사건을 그려내는 것까지가 나의 역할이라고 생각할 뿐.

질문은 의구심을 품은 사람이 받는 것이다. 소설을 쓰기 전 나는 두 명의 어린 친구를 먼저 떠나보냈고, 얼마 전 또 한 명이 떠났다. 모두 20대였다. 죽음은 남은 이들에게 반향과 의구심을 남긴다. 내가 무언가 더 할 수 있지 않았을까. 먼저 간 이들과는 개인적인 친분이 없었다. 딱히 후회할 만한 일도 없는데 나는 그들에게 죄책감이 든다. 내가 그들이 등진 세상의 일원이었기에. 이 소설은 그들이 남긴 물음에 관한 고민과 갈등의 흔적이다. 소설이 혼란한 만큼이나 쓰는 내내 많이 흔들렸다.

우리의 비극은 사고일까, 사건일까. 글쎄, 그저 아직은 사는 게 그런 거라는 말에 설득당하고 싶지 않다.

2023년 11월

이민진

 - 39

무칭

초판 1쇄 인쇄 2023년 11월 24일
초판 1쇄 발행 2023년 12월 13일

지은이 이민진
펴낸이 이승현

출판2 본부장 박태근
스토리 독자 팀장 김소연
편집 곽선희 김해지 이은정 조은혜
디자인 이세호

펴낸곳 ㈜위즈덤하우스 **출판등록** 2000년 5월 23일 제13-1071호
주소 서울특별시 마포구 양화로 19 합정오피스빌딩 17층
전화 02) 2179-5600 **홈페이지** www.wisdomhouse.co.kr

ISBN 979-11-6812-740-1 04810
979-11-6812-700-5 (세트)

값 13,000원

한 조각의 문학, 위픽 wefic